中国多民族文学丛书／第三辑

生命之恋

韩原林／著

作家出版社

韩原林　撒拉族，青海循化清水人。青海省作家协会会员，中国少数民族作家学会会员，鲁迅文学院第二十期少数民族文学创作培训班学员。作品散见于诸多报刊。小说《清水湾的金色沙滩》、诗歌《清水湾：家园的十二个月》和散文《美丽的清水湾》曾在征文比赛中分别获得一等奖、二等奖和三等奖。已出版诗集《清水湾诗笺》。

作者近照

目 录

第一辑 月下故乡

第二辑　流水无痕

第三辑　花开半生

第四辑　在水一方

第五辑　草木烟火

第六辑　来你的城

第一辑

月下故乡

你是一座花园

秋色很暖，清水河里的倒影是我
是离别很久的我
是用手捧着水花打在脸上的我
是默默注视你却无法倾诉衷肠的我
把炊烟夕阳用心谱写成恋曲的我
是牛羊下来后送进村口的我
把大片的庄稼收割之后装进粮仓的我
是用手轻轻抚摸父亲额头皱纹的我
把生命融入村庄的我
是叶落之后捡起秋天记忆的我
让蝶儿飞进黄昏之后惆怅的我
……
你是一座花园
你知道我从远方回来
把大片的色彩与记忆留给我，秋色里
我吻着你的额头
让我无从说起离开的日子

红枫秋暖是故乡

回到你的身边，秋色已深
触摸你的温度，是炊烟夕阳

忘却岁月留在额头的痕迹
一季温暖才知山长水远之后深情回望
无法触摸你的深度，离得久了
大片的空白需要填补

一片林子后面，是土墙，是村庄
是包裹的记忆，是泥土味道的童年
来不及回去，追随你
心早已回去问候陈年往事

我归来，水去雁飞
一路风语叶落，河山易容
水长路远之后
红枫秋暖是故乡

石匠村遇客

1

有朋远道来，招呼有山水
山下村庄临水花开

2

入座，就座
啖饮绿野蔬，清炒云烟绿

3

屋后木筏入水，拉网
云朵水山和鱼一起入网

4

镜中人，随风滑行
一曲山影水声，鹰落鸽飞

5

农家小院树下，香烤煎炒入味
黄河尾鱼素质细嫩十足香又香

6

香不过自家盐，美不过自家人
山水在我家，异珍在我水

7

人间自有静心养身此仙境
眼前石匠村，清水绿岸入云山

千山雪

千山有歌喧
冰凌有语哝
玉容似雪山居深深
素衣风流手执脉脉

经风亦沐雨
流雪已深沉
月湾吟诗夜夜风舞
凝思直书日日炼修

此生金不换
闻香已闭眼
雪封千山无鸟鸣
已无憾事居香坞

云上村庄

村庄在黄昏的云中
童话般流动，飘移

在安静的墓园送走老人
有人在悠远的祷词里哭泣
月儿静静地爬上树梢
那一片林子在移动
村庄在飘移，那几只牛羊
慢慢消失在村口

流动的云烟素淡
漫过黄昏月下悲切凝重的心境
云上村庄，如童话
你就是主人
生死悲欢一幕幕上演
却一如既往地沉默不语

月下，云上村庄里
时间在飘移，爱在流动
往事在流动

怀念一个人
你在时间的那一端端望

云上村庄，一切素净
如月

村　庄

村庄，火的村庄
草木烟雨与水的村庄
一个人的村庄
人类的村庄

两只黑白的鸽子
呼唤醒来的先祖与人们
漂泊的村庄里
有麦子和麦子里的太阳

一个人的村庄，两只鸽子
守住村庄的秘密和
一个人的秘密

暮春·送行

推开村庄
烟火升起于村庄厚重的泥土里
暮春的细雨中燕子低飞
女人们悲恸地哭泣
男人们眼中浸着泪
潮水般涌动的颂词和送行脚步声中
老人缓缓离开家园

黑翼的燕子默默飞行
暮春的村庄落泪
浸湿了整个村庄的心事

牛耕·岁月

牛耕
举镰

吃饭睡觉以及死亡的空间
粮食的芽苞吱吱呀呀地舒展开来

历史的长河中，也只有牛耕
从古走来，犁完岁月

雪域随想

雪域随想
来自太阳最近的光芒
以最冷的语言去培植雪莲的高度
……
所有的村落安睡在冰川上呼吸
所有的生命降生在雪山上飘移
雪域中的人啊
高昂着头颅
孕育生命的坚韧
沉淀生命的光芒
更如雪山，积淀一切
铸成今天的高度

在这里
只有牦牛和鹰的对垒
也只有圣者的头颅
如高悬的月那样圣洁

伐木记忆

是黎明的炊烟，将木质与水的温情
保留水边
一个山乡的声音
亦是水与木头断裂的声音

伐木，半个世纪的印记
男人们一个个跃入水中，吸食他们的午餐
背依天空，太阳下憨憨而笑
星空与篝火做伴，夜夜做梦夜夜等候

磨利的目光在浪尖上跳跃
拖动一座山，拖动着雷声
水从天上倾泻热血与斧头交流思想

生命浸入石头与水的地方
是天地和木头的断裂
搏击生命
寻找黎明，淌向黎明

伐木亦是水和木头的断裂与漂流

头颅的落地与水的呼啸齐步向前
在和水的搏击中
用手摘取生命的桂冠

起风了

1

一层云，一层雪，下面
几户人家之外的山野开满了金色白色花儿

2

从河口，你套上远行的鞍马
把雪山下的春天带给远方的女子

3

起风了，她带来黄昏的温暖，带来月色朦胧
带来恋歌里的镀金岁月

4

当麦浪把收获的喜悦传递给风，风
把清香带给村庄山野牛羊飞鸟

5

是时候收获了。月下，几桌喜宴开始
老人清一清嗓子，把祝福送进每个人的心房

6

女子若云月，被孩童簇拥，被女人的欢笑包围
月亮躲进云层的时候，被你揽入深夜

7

在河流的源头上，与水山相伴和山花歌唱
日子和遍野的花朵一样开开落落

8

大儿子小儿子三女儿一个个走向原野
他们背后是雪山是河源是村庄是父老的笑容

9

起风了，你慢慢拉紧她的手
一起望着远方

走遍美丽

你说，798 是一个艺术的天体
绚烂的秋天里，把你我
定格在深深长长的巷子里
焕发出近似于艺术渴望，久久沉迷

如果用想象勾画，过于苍白
用秋天的色彩渲染大不为过
只是时空已穿越了春和秋
那里我能想起你的名字

在那货架上，一篮子的世界
揣摩我的陌生：你从哪里来
我静静地发呆
我静静地走开

整个秋天，我会记住一只蝴蝶
一样的背影
也许我会回来
也许从此不再回来

春深雪来

她走在路上，看杏花落尽
又见樱花
妖艳，正如自己

一场雨雪由浅至深
千百朵雨花连同叹息一起
一层层变凉

错过溪湾碧水，错过你
错过一个黄昏或早晨的桥
错过自己最美的梦里植下的绿

很轻的自己，是一朵花瓣
你伸手的黄昏
她随风向远

你目送，春深雨去雪来
雪山下，她的背影后
千树梨花盛开

怀　念

一场雪后，怀念是一触就痛的雪
不忍长久踩下去
蜿蜒成小路的点点脚印，尽头
是你

你低头，尽是雪花的世界
被包裹严实的，不仅是你和你的世界
越来越厚实而沉重
很像童话里的忧郁，晶莹洁白

你走在雪后
远山，树木，家园，河流
一切都是记忆的温暖色彩
追逐一朵雪花仍可以虚构于意境

走过寂静的黄昏
无声的世界真的需要你的身影
无声祝福如雪花贴近大地
但你未必会想起我相信我会祝福你

离得久了，慢慢会淡忘
人情世故
另一场雪后，我们生存的空间
会留下苍老和记忆里的坚强

雪中随想

一场大雪里，远山缩小身影
雪花放大自己

低头看见，一朵冷傲的花
在季节的橱窗里释放灿烂

放牧自己很久的自由
雪后的冷艳中显出慵懒

那不是诗意，挣扎依旧
那是风寒，那是高原的寒流留下伤痕

放大或缩小都不是本色
雪，在我们的语境里本是黑色

河流记

1

清水河比我们的村庄古老
是老去的岁月中家乡最早的记忆
就如蛮荒容纳情和爱
容纳饥饿
容纳我最美的乡土记忆

2

一双黑色眼睛里
黑鹰从源头的达里加山一路飞
抵达河流末端，黄河的接纳如此突然
一场浩浩荡荡的汇合
在山脚，融入无声的征途

3

在这里，石头和水碰撞

就如风无声地吹过大地之后
留下不易察觉的痕迹，沧桑了岁月
父辈们走过的路蜿蜒曲折
充满柴米油盐的传奇色彩
而我们的穿过时光幸福而匆匆
困惑与机遇间生死疲劳

4

浇灌庄稼的河流，育着狗鱼
整个夏天裸露着肌肤的我
游过河岸
趴在温热的大石头上
接受阳光的温度
时间悠悠地滑过，西斜
炊烟中回家

5

那时河流边的整个秋天
大段的时间里驯养，玩耍
放牧一只的羊
快乐是走走停停中
另一个走走停停的影子
陪伴别样的日子

6

其实，我就是河流中的一朵

不起眼的水花
在奔流的征程中有歌唱的使命
即便渺小
我一如既往地坚持自己的方向
热爱自己的征途

低　谷

适合唱歌的空间
一定是自由的地方

一朵野花的春天
有蝶儿的幽会的故事

那媚眼低垂的羞涩
如雨后山花的烂漫

坐在月下，想你的人
一定是在人生的低谷

无声的温暖不是以刻意地
站在一起问寒嘘暖

一场雨后是秋天的思恋绚烂凄切
一场雪后是渴望梦想的春天生命勃发

想你的时候，总是千疮百孔

流血一样痛到心底

你来自遥远
却总在走向迷茫

远　方

一曲离歌，桃花的山野
落英缤纷，如梨花的开落
甜蜜，羞涩，忧愁里给你一个远方

那是
西海情歌里动人的旋律下雄鹰飞上蓝天
遨游山山水水深情的远方

那是
大漠孤烟里铿锵的脚步中的群雁一字排开
闻听丝路花语诉尽心事的远方

那是
河岸湖畔放牧一个季节里飞扬的自己
聆听马兰心语花儿盛开的远方

那是
放远了自己离家越来越近的日子里
渴望看看桃李满园瓜果丰硕的远方

那是
怀孕十月的远方，等待分娩的远方
洗尽羞涩懵懂的远方

远方
所有的远方
有桃花般的温暖梨花一样的本色的远方

那是一河春水拍岸而去的远方
那是放牧春天的梦想唱响离歌的远方
那是辛勤劳作很久之后回到爱人身边的远方

远方啊，梦想与现实中
如梨花的开落，可以缩短一生
也可以在春华秋实的缤纷中放长一世

声音的眼睛

是声音的眼睛把光明带进黑暗的深处
你在黑暗里
耕耘着黑暗，经营着黑暗
一朵朵不败的花朵开在声音的眼睛里

你的眼睛里有我的模样
把我容颜的沧桑形容成最美的花儿
久经风沙耐受极寒极热
你说：还有什么不幸福

一滴水光明通透不浑浊
一个人融合天使与魔鬼不迷失自己
内心经历一次煎熬经受一次洗礼
真与善主导眼睛的方向

在一滴水花中发现自己
在一层光影中询问自己
在所有的黑暗中寻找自己
在全部的光明里定位自己

一声天籁，酥软了心房
诵经读典
在内心深处开花，结果
挥手，一路走好

致　敬

极寒的高原
雪和风，极冷
生命缩身
疾病与疼痛蔓延的冬天
艰难属于众人

居守这一方天地
坚强地走过
骄傲地活着
向坚守在这一方土地上的
卑微的人们致敬

享受时光

你给我一份春色
我用它渲染年轮的色彩
爱是一抹光
停留在最需要的位置顺手触摸
多少年来，你未曾老
我却不敢承认
自己最隐忍的一面更脆弱

时光是一道美味，流走于七彩时蔬
低调素淡里品享时间的味道
一粒麦子里找到童年，而河流曲折地
贯穿人生
在你的微笑里
我呈现最好的自己

月下思绪

剪一段时光，捋一捋浮躁年华
思想在日子里沉淀
生命的消亡里思索一切
人们出生于斯陨没于斯
这过程
便是信仰的全部

穿透黑夜，黎明
不眠之人在怀念你
迷误于惯性的定式思索中
在文化的汪洋里却误读生命的来去
在门外，你
无法理解我

道无形，言不达意
智慧是一种恩赐
认知埋没于盲目的断想
想起老子
叩响道的门楣
月下掬一片光，远去

收获自己：人生此刻最美

1

我们沉溺于自身专注于自我
我们生于斯受养于斯
我们无法对谁代言

2

我种过地收过庄稼
我们做过苦活累事，受过骂挨过罚
我们也曾在守望中悲痛欲绝

3

在我们身边，父老比我们厚实
兄弟姐妹起早贪黑比我们耐劳
父辈的勤奋和宽厚教我们如何正视自己

4

在这片土地上，我们不断放低身段
在劳碌困顿中收获自己
让明灯在心中居留

5

再苦再累隐忍在心中
爱是你我不经意施与的胸怀
无须辩解，人生此刻最美

在你面前

你的高度在南山之上
看到贫瘠在雨水里融化
一条河穿过胸膛，很多卑微的想法
变得悠长纤细

沿着你的脚步
我们经受磨炼
我们仰望新月，久久注视
一匹倦卧已久的白骆驼

我卑微得不能再卑微
诗书礼易春秋里
我拘谨地站着
手里握不住一个方块字

在你面前，我拘谨的笑脸失去内容
在你面前，我隐忍的内心更加深沉
在你面前，我内敛的彪悍悄无声息
在你面前，我直白的思维更加直白

我的忧郁像南山，荒芜而单调
我的困惑像南山，蜿蜒而曲折
我努力，使自己更像一抹夕阳晚霞
把内心的色彩泼墨在山和水中

把祝福送给你把希望送给你
把简单送给你把美好送给你
在我简单的音韵里歌咏一切美好
赞美一切像你一样的高大威仪

第二辑

流水无痕

暗　香

娶你的日子，大雪纷飞
我把灿若花开的心事融进朵朵雪花
红烛下，掀开红盖头
你轻轻地躲闪羞涩地抿嘴笑

烂漫的夜晚千树万树梨花
开在你的月下
闻到如花海般没有边际的暗香
安静地偷听你的娇喘夜话

我看到梅花，那是早晨
雪地里朵朵红艳初绽
你从惊叫的甜蜜里羞怯地转过头
眼里一定闪过八月温暖的麦地

你如若花，开在我的原野里
卑微，平凡，携手终老
在合适的季节里插上自己喜欢的花朵
欣赏岁月赐予我们的暗香

大悲舞

我是怕你被碾轧粉碎
我是怕你被碾轧粉碎之后失去灵魂
我收敛自己，回到最初的真实
在汪洋里涤荡之后
一双汪洋成河的眼睛绝望成岸边的枯树

那双眼睛里种过大片的庄稼
放牧过牛羊养育过儿女
经受过近似爱情之后无数的蹂躏
挣扎出一身的疲惫与哀伤

一条河穿越胸膛
在那河流之岸，我收割一生的贫穷
和你对话是件奢侈的事
自从关上那沉重的大门之后
只剩下沉重的叹息

你是左岸的一株荞麦花
贫瘠的土地上经营自己多年的幸福
我是右岸的一只蝴蝶

无意在这片土地上驻留很久

逃出夜色，凝望陌生的自己
骂出最痛心的咒语
我说亲爱的
你在悲悯一条什么样的河流

飞过这个悲伤的舞台
从此不回来

聆　听

在北京，在什刹海
随风穿过每一处角隅，便可
唱出一处古韵，暗自咏叹

一轮月下那片幽静的海，居留着
当年故居，当年亭台，当年积水潭
当年元明清，当年胡同，当年辞赋墨香
当年杨柳，当年香藕残荷……

聆听，箭弩穿过千年风声
帝王城下
你可曾投笔从戎金戈铁马
你可曾壮志难酬报国无门

聆听，聆听每一滴水的声音
聆听每一块石头每一块青砖的叹息和骄傲
聆听自己每一处无知的或高尚的心绪
聆听自己渺小的心志骄傲地为你活着

今夜我是在聆听，聆听什刹海的低语
低语处，还有一个背影
在穿越自己……

浮躁时代

照相，美颜
让自己年轻几岁
把照片贴在橱窗里
让人玩赏

开衩的旗袍
把土色的脸孔包装华丽
忙碌之后
为你提壶倒茶
献上媚眼，调情

其实
你的素颜适合种植大片的庄稼
收割之后
按期插上荞麦
收获本色的美丽

教训易忘，又会恋上昙花
浮躁时代

面前想起“作”

身后写上“贱”

这都是不同的时期沉痛的记忆

月牙泉

鸣沙山下
随远方的驼队出发
探访月牙泉

你以宝石蓝的色调温情地
躺在鸣沙山怀里
把我碧蓝的心情镶入你温暖的表情里
睁大澄澈明亮的眼睛
探询我靠近大漠的千万个理由

是你的神话
等了千年，终于
等到我风尘仆仆的到来
扑倒在你的身边

千里万里魂牵梦绕的回头
依依惜别的忧伤
都是你
哦，月牙泉
你是千年来羞怯的沙漠恋歌

你是千年来朦胧的西域少女
用月牙般的神话
用千年
照出半边朦胧羞涩
映出半边沙海蓝天
比想象更暖，比美人更美

远方啊
是牵一匹骆驼夕阳下告别
千般回首
寻找夜宿的方向
不论走到哪里
你都是最亮丽的沙漠的眼

阴山：你我

我在阴山下
我的歌声里充满阳光的温暖
我种地的时候
我的血液里流淌柴米油盐的余香

在一个秋天
在另一个陌生的地方见到你
即便陌生或熟悉，我早已接受
你温暖的微笑

你生活在阴山之外
你的衣裙比蝴蝶的翅还好看
你路过的时候
你的清香里浮动花木草果的细影

我土得像阴山
我简单得像阴山
我直白的思维像阴山
我的内敛坚韧儒雅像阴山

你美得像阴山
你温柔得像阴山
你描画的高度像阴山
你的眼睛眉毛耳朵像阴山

多年后的阴山下
和你育有一儿一女
吟诗品茶
生活更像阴山

我想借一缕月光

装在心里，慢慢圆润
又慢慢缺残

时间把希望画圆，用最纯的祈祷
把字字句句刻穿黑夜

来去都不是完美，所有都在成长
又在慢慢消隐

洁白，都是光芒投射在信念的颜色
懂得何去何从，孰是孰非

我想借一缕月光
把自己修炼成一粒月光一样纯粹

把羁绊丢进风里，在我虔诚的话语里
表达今生后世最真切的渴望

那是无数个白天黑夜用心抵达的高度
那是一座无与伦比的花园

光影大墩峡

山里人，寻找另一座山
光影水瀑下
把行囊放下
照见摇晃的自己

山都是一个模样，都苍老
人都是一个心情，都望向山头
我累了，坐巨石上听溪语山响
把鸟鸣，在手心里画成画

栈道记不住来往的脚步
盖碗茶里探听撒拉族保安族的故事
回族的花儿早已开花
沿着山坡滚下一溜情事

该做的事在做，就如容纳
容纳无数笑容和心事，把疲惫和乏味
化成澄澈透明，随山风溪流而去
留下像山一样高大的自己

年　轮

刻在岁月里痕迹
一圈圈地留在时刻老去的脸上

那是你待月黄昏情话里
成长的日记
那是月亮升起的夜晚
可以见证的爱情

长长的发辫盘起之后
教小儿子认字
匆匆长大，办了儿女喜宴
抱了孙子的年代儿女很忙

拄拐的日子就像岁月的年轮
一圈圈地绕着花坛行走
可以骄傲地回答问询的年龄
儿女立业，已无顾念

可以告别门口和自己同龄的老树
精神的家园里数着年轮向着天堂行走

告别一切
回顾举手投足日日夜夜

检讨忏悔中遥望自己灵魂的家园
年轮是一层层沉默话语
刻满时间的长度
虚和实的纹理都在自己的心里

世界赐予我们的已经够多
我们怎样回答岁月的拷问

冬　至

大雪掩盖了村庄
在村庄我想起你
渐行渐远的记忆如雪花随季节复原
又随时光远去

一辈子的记忆不够厚实
那好吧，就记在文字里让她芬芳
让她如雪中梅花初绽
如雨后荷花十里争艳

长长短短的行程就如冬至日短夜长
艺术化的构想里适合围着火炉
看着火焰熬制香味醇厚的茶
在夜里品味一段有你的记忆

相约十月的雨后或大漠旅程的碎片
匆匆又匆匆地走在胡杨绚烂的色彩里
我为风景抑或你是偶遇的过客
心留在黑水城的苍茫里听你的感慨

其实，大段的回忆之后
我发现我们更多时候忽略了身边的人
陷于浮躁背后的应酬填充内心的虚空
我和你的真实再没有比这更好的美好

村庄的雪夜适合叙旧
旧历翻过今日之后
我更期待春天
为你的到来打开家园之门

沉默的房子

浮躁日子总是渴望有一场大雪
掩埋一切
掩埋陈旧的轨迹
一切重新开始重新组合

那年寺宇小院有荷池小鱼
粉色花朵小小莲叶立于水面，此刻
映出一池宁静背后满脸倦容的我
正接受一场心灵的洗礼

一场雪后走访拙政园
那年的苏州城冰冷
荷池沉默于雪后的冰封雪地
坐在长椅上适合冷静地思考

立于岁月的一端
想起生死胡杨
绚烂与壮烈铭刻在大漠
三千年的传奇不长，还在延续

沉默的房子注视我们很久
我们得到的恩赐是否少于我们对世界的付出
是啊，家园已经很冷了
挣扎于雪后，思维的空间还会缩小

杏花开放的记忆在阳光之后传来
梅花初绽的讯息
一场大雪会掩埋一切
春天不远

陌生是一种不经意的忧伤

十月雨声悲切得有些喑哑
十里荷塘朦胧得有些失落
撑着伞，匆匆逃离这垂柳烟雨之后
袭来的层层寒意

忘记地理标记的黄昏
夜来得迅速，街灯闪烁
车流如流动的黄金河流
细雨打在脸上四顾茫然

挤在人流拥挤的地铁口
陌生如蝼蚁滋生痛感
车窗外流动着忧伤
存在感无限缩小

不用说，今天和你的远行
除了熟悉的陌生还是陌生
用笔写下心中悲喜客套的词句
再次回忆真的恍如隔世

不用试图演绎相恋的感觉
年岁已经消失爱恋的特质
荷塘杨柳已无风月却留下伤痕
陌生是一种不经意的忧伤

祝　福

1

我想你的时候
孤独是海边的一座房子
眼里收尽远方的蔚蓝

2

不远的二月
我想听听你的诗
听听梅花初绽的声音

3

你就是那只美丽的蝴蝶
大片的油菜花铺满你
诗意的舞台

4

几时能看到你明媚的心情
作一首梅花与蝴蝶的诗
贴近我孤独的心房

5

你芬芳如梅
你飞舞如蝶
你能看到我多情的泪滑过心海

6

诗意的夜晚
祝福你
月光比雪纯粹

你是一朵木槿花

在十月的月下
注定那是一场诗意的遇见
你把诗句挂在树梢
不经意地仰望你的风姿

你是一朵木槿花
长长的躯干有你的高度
有你的内秀俊朗
有你的内敛沉默

你有粉色与紫色
铺展一路深情的风月
适合蝶儿飞入季节深处
吟出意韵浅浅长长的离歌

十月的末端
书写了大段欢笑之后的沉默
无法知晓木槿花经历的悲喜
走过风雨苦难之后依旧欢笑

哦，你呀
你的高度匹配温暖的名字
把热恋赋予深情的土地
唱出一路属于自己的本色之歌

墨 痕

适合泼墨写意的日子
月光慵懒
红烛暗影，残雪
画梅

喜欢寂静的月，远山近水
一层寒一层暖
轻弹一曲
落花无声

你已穿过深雪
梅花被诗韵断章的墨痕渲染
浅一层是泪
深一层是痛

你知道
被雪浸染的生命
墨痕里渲染的
都是雪

你来更美

大雪里，你更像一只鸟
飞到北方

飞过
黄河，积石山脉
丹霞地貌的红里，在撒拉尔的故乡
停下

你来，循化为你
铺展一地金灿灿的阳光
增添一片暖融融的温情
十里画卷里
为你
煮一锅香喷喷的羊肉
下一碗滑溜溜的面片
把热情呈在最简单的礼仪风俗里
融化你来时的风寒

美丽的诗人说过
你来还是不来，我们可以一直美下去

你来
为你绽放最灿烂的美
为你呈上最朴素的真
你是我尊贵的客人
现在或是以后
在你的心里
我们都可以是最美丽的花朵
你来更美

更遥远的遥远中
更深渊的深渊里
摸爬滚打里思索
我们会坚韧地见到祖先
祷词里刻下颂词或咒语
我们本是一块家园净土
我们为什么
以花的姿态绽放自己
以美的本色提升内涵
黄河，你来回答
积石山脉啊你来听
撒拉尔的故乡你来佐证

你来
让我记住你的美
在碧水丹山里
痴情地歌唱
用笔书写
生命的长度和时间的厚度

童话里的梯子

想爬上去
摘下月亮，放在高高的草垛上

约伙伴们
吃完麦豆，一个个爬到草垛上

月亮好远
把我们的梦挂在她甜甜的微笑里

从此，总希望架起一个长长的梯子
爬上去摸摸月亮的脸

枯　树

你被风一点点割去活力
躺倒在冰雪之塬
河流流在肌肤上，丝丝缕缕温度
和着泪，想起多年前

你在窗外
隔着窗户远远地看我
那片丛林里有雾，冰雪融化，流动
等到冰花消融清晰地
看清时
我已变老

你沉默不语
无语的世界承载各自的痛，流着血的
伤口
时间放慢脚步
孤独是疼痛背后遥远的遥远

远行一次

远行一次
再轻的躯体也臃肿
沉重

最初的光芒一丝丝
被剥离
面容落尘

昨天到今天
撑伞人
瘦成一线雨

花瓣落地的一刻
听到赞歌
就好

幸　事

三月的花瓣上，留下你的信笺
你说，在十月
等我

你如一粒种子，把岁月
填满

等待雨水，守望
短短长长的日子，我的
手掌被泥土
被石头
磨出厚厚的老茧
岸边
几度花落花开

这是一件幸事，听风，听雨
一路节气里，劳累时听你
远方的
絮语

我拉长自己
抵达你的十月，采集
足够的雨水
浇灌我，浸透你的心房

很久以后，你的窗台上
放下潮湿的自己，眼前早已
落英
缤纷

你慢慢打开门，嫣然一笑
拉我
走
进
你的十月

时间是每个人的河流

时间弯曲，把岁月
弯曲成可以想象的弧度

在冰雪里想起我的时候
你总说，在遥远的遥远
时间真的很慢，很长

在这一头，我用镰刀
匆匆收割整个
秋天

给你留下大片麦地，可以挽手，走走
时间的长度与厚度，有一天
会落实在肩上

时间是每个人的河流，平缓湍急
每个人会走出不一样的
深浅宽窄

清　晨

你随月光一起来，聆听
沙滩上的私语
水花不经意溅湿睡意蒙胧的我
你的诗笺弄碎清晨的残月

一声笑语呢喃里
画下云水雾山的清晨
此刻，清水湾
正如你的
容颜，一袭素裙里
眉清目秀

你，如此恰当的融入
残月唯美
涛声动听
直到你成为我掌心的墨，轻轻一点
便是千媚百黛

我俯下身
捡起你喜欢的石子，放在你的掌心

你的脸挂上羞涩
水静下来
山静下来，你和我
牵手水墨云烟

清水湾的金色沙滩上
你和我
写出麦地
描画油菜花的秋天

逆　鳞

用手的温度触摸你的痛
你会不会用怒火把时间打碎

很多年了，儿女们背上远去的行囊
劳作的阵痛伴随一生

大片庄稼会枯萎于春天的干旱
麦地无法延续金黄的诗意

你的儿女淳朴善良跟随你一路远行
冬天的雪里期待来年的春风

春风里节节拔高的绿芽染遍大地
金色灿烂的秋阳里高歌盛宴之曲

这是无数希望中的梦想
在岁月的河流中沉浮

你的孤独是一场大雪终年不化
你的疼痛是一片荒原尘雾茫茫

我知道你的痛就像龙的咽喉逆鳞
拓荒之路上触碰的理由是存亡任重道远

一如既往的爱和忧虑深深镌刻在这片土地上
卑微地生根开花结果还需升华

触碰你更有益于来年
播下五彩斑斓的春华秋实

雪花飘过又一年

一朵，两朵，三朵
雪花飘落
在掌心消融
我想，此刻你在何处

冰雪的脸孔里
泡着时代的热情
粉面桃花之艳里
浅吟低唱

岁月老去
雪花落在屋檐上
靠着窗儿
去年此时在何处

你走后
我看到雪花晶莹的泪珠
多少年了
雪花飘过又一年

容颜苍老
风寒穿透生命
在我，在高原
春天会姗姗来迟

岁岁年年旧路
雪花飘过岁末黄昏
问问今年的雪
何处梅花香

在尘世

在黄昏
泪水中送走老人
祈祷
月儿挂在树梢
说出一脸的忧伤

蹲坐荒草和泥土上，聆听
祝福和祈祷
经典蔓延在所有空间
一路素描
涌出一路记忆

一个人走后
活在众人心里的时间不长
且渐行渐远
有信仰的人生路上
自己能陪伴自己

炊烟朦胧
那一片树林在移动

村庄在飘移
羊群连同最后的忧伤
一起融为黑色

村庄依然悲切
一切恍如那一片飘移的林子
朦胧，遥远
一路记忆里
重塑真实的自我

回头
那一弯月爬上树梢
正褪去悲伤
眯眼
微笑

我把雪早已寄给了春天

雪是一种记忆，鹰记得清楚
天空之下
雪让生命走在雪地之上

另一种洁白的背景里
适合抒情洞穿冰雪
写意水暖风冷

所有的沉重来自高原之寒
裹紧温度，继续蜷缩
阳光之后仍是风寒，阴影，疼痛

孤舟独钓雪，只是意象之美
匆匆摆渡踏上另一个季节
来年的风里，种上小麦或青稞

雪花里遇见温暖，那是你
熬过风雪之后遇见了二月的雁
留下雁语，问候沉寂很久的风

风拍过残雪，拍过河流
拍过柳枝打开心扉
嫩绿蹿出挂在二月的风里

我把雪早已寄给了春天
桃花杏花梨花会如约赶来
在你的琴音里相聚

七月的末端：向你致谢

七月的末端
我向你发出邀约：相聚清水湾

铺满阳光的早晨
你如约而至
此刻，草地上摆满美味珍馐
祝福和欢笑是此刻最重要的事

最温情的时刻
在清水湾的诗笺里你读山读水
读出我的幸福欢乐忧伤和孤独
读出我心中的悲悯和大爱

你接纳我呵护我激励我鞭挞我
我羸弱的姿态里追寻属于自己的高度
太多的忙碌和忧虑中磨砺自己
我为你呈上最美的自己

生火，做饭
今天你是我最尊贵的人

在阳光洒落的林间
把美味呈给你呈给我们的欢乐

温暖的是风
热闹的是林子
激情澎湃的是旋律
带来的和留下的都是祝福和美好

七月的末端，向你致谢
是你，让我收获最美的你

第三辑 花开半生

当思念的花瓣洒落一地

一

清水湾的黄河岸边
思念的忧伤留在艳姑的脸上
炊烟定格在某一处村庄上空
情歌低吟中等待
等待去远方的撒拉汉子，一个
因劳作皮肤黝黑的汉子，如期
从远方归来
此刻
家园早熟的深秋刻满了忧郁
那一场秋雨弄痛了秋雁化作思念
此刻，总喜欢抚摸自己的伤痛
喜欢从镜中照出憔悴的自己，骄傲
自己是那个皮肤黝黑的撒拉汉子的妻子

二

十月的花朵盛开，盛开中

情感泛滥，思念随水波越漂越远
幸福的撒拉艳姑远望
多云的天空总是弥漫着新的愁绪直到冬天
心中深埋孤独寂寞辛勤劳作准备迎接旭日灿烂的明天
确认男人回家的消息的时候
惊喜中慌乱地整理着心情
深藏心底的花朵羞于绽放

想着男人
月牙爬上了树梢又西斜
那藏于心底的花瓣洒落一地

三

那时她正在清水湾的黄河岸边
舀上两桶清清的水
等待黝黑的脸倒映在水桶里
沉甸甸地挑回家聆听扁担的呻吟
那时她望着夕阳下的薄暮深处
盼望那皮肤黝黑的汉子
骑着马风尘仆仆而来

四

那一场秋雨又下在了艳姑的心里
清水湾的乡道始终泥泞
淋湿的心情凉凉地挂在树上远望
到很远的地方捎去对你的思念
到很远的地方去看你

看十月香香的花朵盛开
看你喝那一壶为你熬制很长时间的香茗
和你看那日落日升

五

此刻村庄树头的鸟雀叽叽喳喳跳来跳去欢欢喜喜
此刻清凌凌的水桶里照出黝黑的脸深情注视
清水湾的撒拉汉子回来了
思念的花瓣洒落一地，那时已经
把所有的思念化作火焰燃烧，然后
艳姑的灶头炊烟升腾飘着香气
大锅煮肉喝着香茶吃着糖果说着离家的日子

六

当思念变作伤痛
当思念化作清水湾挥之不去的薄雾
当思念开花结果
就在清水湾的黄河岸边继续捡那静静绽放的石头
把烧灼的伤痛浇灭
把洒落一地的思念的花瓣捡起
然后幸福地站在黄河岸边
一起看那黄河岸边日落日升
看那花朵开落

清水湾：家园的十二个月（组诗）

一　月

涉水而过
清水河开启梦靥流淌
冰雪将远去
猎人的脚印裸露河岸
一月，泯灭的心事随鹰起飞
白云起落处群鸽飞翔
山未青绿意犹存
树未绿春意始然
心窗开启，信念萌生
重温久违的爱意，出发
一月，举目望远方
处子起程
白云起处是梦想
梦想深处是一个春秋

二 月

冬日退尽，汉子出门远行
二月的村庄只剩下寂寞
女子修补好行装
悄悄拭去离别的眼泪
这一去便是一个春秋

那天男人们从家里出来
村口和男女老少眼里含着泪水
挥手远去

遥远的可可西里
或是西部抑或是某一个小城
都是落脚点

二月的村庄只剩寂寞
二月的长夜女子的暗自悲泣
不断念叨的
是一个春秋的思念

三 月

三月的村庄
有老黄牛弓曲的身影
土地上刻下岁月的年轮
父亲
把种子播进泥土

三月，村庄泥土的味道里
浅浅的绿意萌生，蓬勃
静听麦苗拔节的声音
清水湾里燕子展翅高飞
春风暖暖地吹过大地
酥软了三月的家园
老黄牛蓄势待发走向土地
父亲
已把种子一行行撒进泥土

清水湾鲜活了，群鸽飞翔
浅浅的绿意中
艳姑们提水回家

三月，风筝飞满天空的季节
风催着麦苗赶来
浅浅深深的绿意展开
大地的诗情生根发芽
看啊
沉睡一冬的希望活生起飞
瘦了一冬的柳枝腰肢丰满风情多姿
等待一冬的迎春盈盈嬉笑吹响号角
在三月的春天里集结吧
让我们一起寻找生命中的世界
在三月的风中
飞往远方

哦，三月，我们相约相伴

我们一起起程，飞向远方

四　月

杏花盛开的村庄粉嫩鲜活
杏花前，月影下
艳姑的口弦里
诉出了思念，唱尽了乐观

到杏子熟时
摘一篮子晒干等汉子归来
杏花开，月影落
四月的村庄
艳姑的心事如杏花的开落
粉嫩美丽

四月的村庄
粉嫩杏花孕育结果
早开的花朵芬芳灿烂
绽放，即使是绽放给自己欣赏
也要绽放得热烈奔放
艳姑的心里
只有自己出远门的汉子

四月
杏花盛开，母亲劳作的季节充满花香
春水流淌，一路欢歌腾跃向前
村庄陶醉在杏花里
四月，母亲劳作归来炊烟升起

深巷里幼童的嬉闹飘过屋顶传来杏花般灿烂的笑声

杏花盛开，鸽群飞过的蓝天充满了诗情画意
麦苗苏醒，一路浅浅的绿意盎然
村庄在节节拔高的麦苗中充满喜悦
田地间庄稼随风摇曳的韵律不断抒情飘向四季

四月，杏花的四月
四月的村庄醉了，鸽群在花香里起舞
麦苗挺拔
母亲憧憬已久的希望已扎根
如杏花的梦芬芳灿烂

五　月

春雨浸染的五月花红柳绿
燕子低飞，飞过五月的心事

想起清水湾的薄雾一半是乡思
一半是村庄
还有一半是黄河及石头的味道
没有比故乡更好的味道
没有比村庄更好的心灵家园
五月的清水湾处处灵动鲜活
五月的村庄处处是欢笑和乐
五月的歌声穿透心肺
五月的旋律轻盈和谐
五月的牛羊早出晚归于山川河流
五月的女人朝夕劳作在田间地头

歌唱五月，把心中最抒情的情感献给五月
把撒拉汉子闯天下的乡思献给五月
把撒拉艳姑劳作之后悠长的思念献给五月
把清水湾激荡的浪花献给五月
把村庄生命的本真献给五月
把家园的清秀可人献给五月
把心中的激情澎湃献给五月

哦，五月
我是清水湾小小的歌者
在这里尽情歌唱
歌唱我的家园乡土
歌唱我的撒拉尔民族

六　月

以花的心思绽放，再绽放
清水湾的六月
我是河湾里盛开的那一朵浪花
不用修饰
我自有芬芳的颜色盛开
不用配乐
我自有动听的情调歌唱
六月里
如花朵的生命一样盛开，再盛开
如浪花的使命一样向前，再向前
美丽的清水湾
一朵浪花的绽放

绽放的是一个世界的活力
一朵花蕾的盛开
盛开的是一个世界的美丽

七　月

七月流火，心长久蛰伏于河湾
心事随鹰起飞
邂逅于七月的爱情
田间地头的情歌滋生飞扬
布谷鸟叫唤
麦香迷人
打开心窗，情话自心窗飞出
拉起七月滋润过的手
麦地里，月影下
相依相偎

七月，早熟麦子堆成垛
阴雨掠过云端
七月的爱情在湿润的泥土里成长

哦，七月
麦香中你我的清香铺开
热烈而充满激情

八　月

麦子熟了
农家的炕沿上茶香浓浓

花椒树下
艳姑在午后的小憩中轻轻睡去
麦香流动
慢慢升起的炊烟中弥漫着麦收的喜悦
饱满而丰富

一个女人如麦子一样成熟
一个春秋如麦子一样芬芳
一个个希望如花朵一样盛开
一个个收获如果实一样盈实
八月如花
岁月如花
盛开于村庄的屋前屋后
盛开于女人的心房里头

八月如花
麦子如花一样盛开
麦香更如花香

九　月

情歌飞扬的厚土里有多少痴情的歌者
放飞泥土里成长的爱情
当花香孕育成果实
当花前月下变换成田间地头的旋律
当朦胧成为现实
当大红喜字演绎成为生活的红红火火
九月，献出属于它的厚礼
一片叶下羞涩的青果红了

一枝花中含苞的种子熟了
雨露阳光滋润的岩山绿了
沐浴在爱情中的女子美了
一朵花绽开又一朵花芬芳
花香里飘动着九月的旋律

放歌清水湾的九月
当尕勒莽兄弟追寻的爱情瓜熟蒂落
上演八百年来含蓄的爱情时
一个民族诞生一路放歌一路征程一路奋斗
更多的礼赞属于含而不露的撒拉尔未曾放歌的爱情
一路走来一路孕育一路壮大汇集成今天
祖国五十六个民族中的一朵花
——撒拉民族

十 月

女人孕育的季节，远别重逢
秋雨的滂沱与雨后的彩虹
属于十月最隐秘的风景依然触动人心

十月热情，瓜果送香情依依
十月饱满，水涨山绿人更美
秋雨后，风景下
秋收情浓
两三个女子挥动衣袖
三五只鸽子忙啄食
一片片红叶悠然飘落时
十月的风景依然动人

十一月

当一场大雪掩盖了心事
我静默无语
雪地围踩出长长的足印消失在远方
白色的世界里唯有小鸟出没
陪伴我一时黯然的心情
十一月的村庄端庄无语
房前屋后升起的炊烟显出一丝灵动
几只麻雀
两只青鸽的雪地
开启久违的梦靥
雪的故乡
雪地水墨舒展
一只白驼昂首向东静默
这片土地无语
骆驼泉无语
清水湾无语
被雪掩埋的撒拉尔故乡
如此的洁净，如此的渲染如画

十二月

十二月
村庄里广阔的土地上男人们豪爽地谈笑
一个春秋的忙碌终结享受冬日的阳光
女人们炖着肉炒着腌的菜香味弥漫在巷里巷外
阳光暖暖地照进村庄照在女人的心上

照进清水湾的宁静安详
照进清水湾的村庄宁静祥和
十二月的天空中
白云朵朵
鹰自由飞翔，群鸽自由飞翔
在自由的飞翔中
展望来年的幸福

清水湾：家园的早晨（组诗）

周一的早晨

黄河湾的薄雾中醒来晨起漫步
感受空气的清凉村庄的宁静墙角野花的盛开
在田间地头黄河岸边踱步
早起的鸟儿早起的鸽子早起的羊群的欢叫
周一的早晨
鸟鸣鸽哨及农家的炊烟点染了早晨的旋律
欢乐祥和宁静舒畅沁人心脾
高天树木黄河沙滩山川村落依旧美丽

早起的老人远望
谁家的艳姑悄悄清扫了深深的巷子
谁家的烤洋芋清香飘满了整个早晨
谁家的大门开启牛羊上山孩子上学
谁家的枝头上喜鹊欢叫看远道来客

周一的早晨群鸽飞过蓝天
划过整个村庄和河流

也飞过我们的心底
一丝清凉的触动划过目光随它而去

周二的早晨

静静蹲坐在东方大石上
一只鹰在清水湾的水域起落
两只鸽子划过天际
一个女子从黄河边提水回家
三五个早起的孩子在沙滩上嬉戏
远望
山川奇峻河流清澈树木翠绿
村落点点飞鸟腾飞炊烟袅绕
多美的早晨啊
清水湾的歌者
举起牧鞭歌唱那山水绿湾里甜美的歌谣
捡起石块挥舞那低吟心间令人回味的爱情

那只鹰就是歌者
那只鸽子的哨音便是悠长的抒情

周三的早晨

沙滩上
孩子们踩出的脚印消失在水边
大大小小的石头和野花
排成周三早晨心中自由的抒情
感受清水湾最美的石头和花朵
感受清水湾最美的女人和炊烟

这种美让我无语
当我面对晨曦中的霞光或最后的黑暗时
生命的旅行中展开与自己心灵的对话
主啊，让我的祷词淹没我的黑暗
让我的旅行真实而忠诚
让我坦然站在旭日的霞光里
看那黄河岸边的家园
……
此刻，世间的美和沧桑让我这般无语
正如一滴水里的太阳永远年轻
一片叶中的生命匆匆老去
哦，人生
让我久久地伫立成黄河边成长的石头吧
与岁月刻下年轻与苍老
我的左肩承载着太多的不幸
我的右肩记录着不多的幸福

旭日下，无数次看见
爷孙俩一前一后从今天走进明天
沙滩上的脚印一点点消失

周四的早晨

麦子黄了
村庄里飘着麦香，谁家孩子
高声呼喊着麦子熟了烤青麦吃青麦
盈实的
秋天的大门开启
庄稼汉看到金黄的麦子醉了，笑了

割麦
打麦
进仓
秋
是属于庄稼汉的季节
麦香时节家园美丽动人
村庄迷人
村庄里的庄稼汉更迷人

周五的早晨

晨曦的黑暗，冷寂无声
拜访逝去的先祖
面朝西跪坐黄土
空中回荡着祥和的诵经声
此刻
主啊
降恩于我们的先祖们吧
请赐予我们和先祖们花园和光明
请让我们追随光明摈弃黑暗吧
……
袅袅的炊烟升起
清真寺的唤礼塔尖鸽哨响起
清水湾黄河的涛声响起
村庄里打开大门的声音响起
牛羊的叫声响起

哦，周五的早晨
谁在晨曦里点燃了霞光与炊烟

谁在黑暗中收获了忧伤与喜悦
谁的灵魂在哭泣，谁的灵魂在微笑
谁的婴儿在诞生
谁在清水湾的花园里静静开放
谁又认识那几只雪白的鸽子
偶尔来陪伴你的孤独

周六的早晨

入土
埋葬
最隆重的仪式：接纳，重生
花园抑或火焰的场所
拷问岁岁年年积淀之路
而后是企盼的
听那熟悉的诵经声
看那生前熟悉的鸽子起落
尘埃落定
思索已失去意义
花园抑或火焰降临
所有的理由都可能是逃避
唯有执着的信念和脚步
避开烈火的炙烤迈入花园
爱是什么
大爱无声，大爱普慈
却总是迷失自己
当心灵深处的拷问一次比一次深刻
一次比一次确切时夕阳入山
在众人的祷词中

入土

埋葬

然后悲伤或微笑

……

这世界

无法改变那永恒，幡然悔悟要趁早

烟过云散明日黄花就是

另一个永恒

周日的早晨

欲火燃烧的岁月里

那些罪恶让人罹难

那些忙碌的晨夕甘如雨露

那些傲慢的欲望漫无尽头地燃烧

那些卑微的颂词写满岁月的季节

主啊

不如让我再次卑微再次穷困

让我走得坚实

不如让我再次跌倒再次受伤然后爬起

让我深深感恩

让我有着水一样清澈的灵魂

不做迷途的羔羊

一生执着

从不低头勤奋地走过每一刻每一天

企盼中再企盼，确认中再确认

心就是一座天堂

直到泥土中安葬的那一天

一路勤奋地走，走好
火焰远去
花香重来

远去的花香

风吹过长长的相思
最美的花朵开在心间
让我留住花香里绵绵的温柔
在清水湾的黄河岸边，一个人
走过一个雨季

那条夕阳下被烟雾笼罩的村口小巷
那棵老树，油菜花盛开的黄河岸边
歌声醉透了七月的心房
清清的泉水里，跳动着你的身影
多么希望这林子永远没有尽头，从此
飘着花香的世界里我是一只飞蝶
幸福地绕着你飞

早熟的清水湾披上了彩装
一场微雨敲打着你的梦靥
你的世界里已经没有了春天
一声鞭炮惊醒了迷茫无助的你，一队车马
一场喜宴，泪流满面呜咽而去
泪花溅出心窝模糊了整个世界

也许，世界上最远的距离
是无助地挥舞着双手却抓不住你的手

花香经不住风的驱使
那油菜花盛开的地方成了我沉默的据点
群鸽飞翔的天空容不下我的忧郁
那时，村口小巷、麦地抑或黄河岸边
总想把充满花香的八月娶回家
幸福地绕着你飞

走过清水湾的十月
看着油菜花褪下华丽的盛装
再也找不到以往的温柔
一个熟悉的身影远去，久久无法忘却

十月
谁还在清水湾的夕阳下远望
谁还在清水湾的黄河岸边歌唱
那抹不去的离愁
如一座城堡，幸福而忧伤

秋天的怀念

1

在清水湾，我怀念一个人
一个人的世界，忧伤滑过心底落在沙滩上

记忆中朦胧美丽的面纱，让我努力想象与你邂逅的黄昏
沙滩上，和一朵马兰最后放歌

2

直到秋色黯然，沟壑没有任何变化
只是一种没有目的的回家，把激情燃放

熟悉的五彩斑斓，重拾沙滩上遗留的石子
难以阻挡的思念，清水湾留下浪漫的记忆

3

风送来花香，昨天的一幕正在上演

你的一声哭泣撼动了我如岩的心上下翻飞

整个下雨的世界里我折翼却无处落脚
心却为你流浪了一个秋天

4

此时，我为你画上沙滩上的石子，画上马兰
再画上清水湾的瓜果摆上期待已久的盛宴

烟雾迷蒙的黄昏，我化作月下一只飞蝶
努力想象你的美，痴痴地飞过你的梦靥而醉在你的裙角

5

雨声，穿过老屋丝丝凉透心底
在我泪雨滂沱的秋夜，你合眼而去

久久怅望月下清水湾黄昏深处的深处
抓不住你的手是我永远的距离

6

烟雾迷蒙，鸽群飞向云的深处
清水湾又一次接纳我黯然的心情

我将秋日阳光下一次不经意的笑留下
留在清水湾忧郁的沙滩上

我是一只被遗忘的飞蝶

秋雨清风中
清水湾在你的忧郁中朦胧而迷离
倦怠了难以梳理的心思
哦，我是一只被季节遗忘的飞蝶，孤独地飞翔

风儿卷帘，而你倚栏对我含笑凝眸
我是一只被季节遗忘的飞蝶
孤独地飞翔，穿过清水湾的岸滩
飞临你的窗边

穿过午夜的轻叹，穿透我微弱的身躯
一声泪落暗叹让人心碎
谁道夜风多愁
谁道清水湾的风雨相思泛滥
谁道黄河湾的涛声忧郁成灾
清水湾的思念啊
让灵魂飞抵另一个世界诉说寂寞清愁
让夜的翅膀飞翔……

我是一只被季节遗忘的飞蝶，愿意

夜夜为你歌唱
绿盖头下，柔弱的身躯披着坚强的外衣
田间地头梳理出生活的韵味
把情调融入麦地把旋律送给风雨
炊烟升起
却不能一同在清水湾中秋的月下团圆欢笑

我这只被季节遗忘的飞蝶，为你的一次含笑凝眸
愿意为你传递相思与孤苦的恋曲
为你飞向天涯，然后
轻轻回到你的窗前，为你守候寂寞清秋

几分寒意来袭
西风中，你倚栏对清水湾凝眸含笑
绿盖头飘动，你看到了回家的汉子
幸福的笑洒在清水湾的岸边
朦胧而美丽

我是一只被季节遗忘的飞蝶
夜夜为你歌唱
只为你对我含笑凝眸
从此，不再孤独

街子情韵

三月的雨朦胧了街子
模糊了街子的味道，那里依然是
车水马龙，人来人往，纯朴典雅

雨点打在脸上，落在柳枝的嫩芽上
我如一个孤独的游子倚栏远望
春水微涨的街子河，水花在
石头间跳跃
人来人往，人去又来
这如舞台的世界如装帧精美的卡片
素颜动人的撒拉艳姑触动心弦
从烟雨的朦胧中走来，消融在
随风而动的杨柳间远去
远去

哦，三月雨，街子
雨落素颜，烟雨淡香如故
一份清纯一份淡雅，在最自然的舞台上
和着三月街子独特的旋律
走来，相遇，羞涩一笑

低头离去
一抹浅红粉嫩让人回味心跳
朱唇微启眼眸灵动可人
浅浅一笑如三月花开
怅然久立，再次回望
牵挂、孤独、惦念朦胧了双眼
花瓣坠地的声音散落成异乡的温暖

古寺落日

阅读古寺落日
残阳如金，木质建筑的古韵流走四散
光从飞檐飞翔，滑落
落入寺宇殿堂的角落和那面西而立的老者心里
两只鸽子接受光的洗礼，胸前金光发亮
光线跳跃在木雕青砖森殿寂院楼阁高塔间
早起的月牙爬上塔尖端视这岁月的古老

观览街子、清水、孟达的古寺
与古韵交流
与落日相遇
一缕清风一抹光亮中面西而立
那鸽子羽翼金亮且用古韵吟唱
世界静下来，静下来
光亮照进黑暗的一处，抹去
心中堆积的尘埃
聆听心灵最深处的歌吟，那里
一座花园在等待它的主人

石巷闻鸡鸣

石巷闻鸡鸣，古典的往昔岁月
在幽深悠长的石巷古道中
散发着古典情韵

石巷闻鸡鸣，这古典的味道
让我触摸青石板古道客栈的印象，然后
让我醒来在一片黑色的森林
油灯点亮，客栈
一扇扇门打开
一个个赶早起程的人赶着骡马
走出深深长长的古典的石巷

而此刻，石巷鸡鸣使西部的循化县城醒来
这如号角的鸡鸣开启天幕，星星开始隐退
此起彼伏的旋律展开，随风
高高低低远远近近地飞翔
如一只只蝴蝶，敲响沉睡的
一道道门，一扇扇窗户

在幽深悠长的石巷古道，村落客栈里

鸡鸣如天籁四散
如星星般洒落的花瓣
绽开，飘落，飞向四方，而后
黄河古道的商贾旅人醒来
深深长长的石巷醒来
清水湾的村落醒来
西部的循化古城醒来

石巷闻鸡鸣，温暖着古典的往昔岁月
在幽深悠长的石巷古道里
散发着古色的情韵，让我
挥动马鞭
赶一队骡马起程，走出石巷

马儿坡古驿

黄河峡谷腹地，一辆马车西进、西进
疲惫，困顿的马车
吱吱呀呀地驶出曲曲折折的峡谷
午后，眼前豁然一亮
马儿坡到了
黄河缓缓而流，千树万木村落展开
金黄的麦地麦穗低垂
麦香四溢
炊烟浮动的村口
撒拉女子推开家门浅浅一笑
鱼贯而出的孩子们围着老商贩嚼出大豆青豆的清香

被遗忘的商旅古道
深深藏在大河家商贾老者的心里
那艰辛跋涉的岁月，马儿坡
是古道商旅心灵深处盼望的驿站，在此歇息
希望延伸
艰难的岁月中散发出米面油盐酱醋的淡香

风雨望夫石

想象一路飞翔，穿过狐跳峡
黄河以龙的姿态倦卧峡谷
酣然入眠

当年禹王导河穿峡而过
仪容何等俊健，一位男子随禹王而去
大河茫茫，风雨潇潇
一位女子送别，远望，泪流满面
山川迷茫，风雨凄凄
无数个日夜思念，无数个风雨里爬上山头
翘首远望
这风雨满山的故土
多少心碎的泪珠滑落，凝固
化作望夫石

心事一路飞翔，越过崖壁
午后洒落的阳光抚平心中的伤痛

黄河以龙的姿态倦卧峡谷
动容于孟达村道中女子打水而过

炊烟升起
再次远望望夫石，一滴酸酸的泪珠
滑过唇际
咸咸的，一丝苦涩涌上心头
哦，望夫石
让我飞翔的心为你停留为你祝福
任风任雨，你要坚强

四月，在街子想你

一

花朵盛开的季节，在街子
放飞思念
遥远的西海镇
泪眼蒙眬中草儿青青花影点点

那时，我无意遇见那条河
那时，我无意渡过那片海
那时，我无意遇见你
那是一场风与沙的相遇
那是一个人与路的对视
那是一次花与蝶的相恋

二

相约马兰盛开的季节
化作蝶，一起飞
飞过西海草原沙漠

浪漫的黄昏，倚在
美丽的街子河桥栏上
傻傻地看那人来人往
傻傻地飞

花落黄昏
抚手车窗无语
你轻轻离去，离去
泪眼弄湿了整个
黄昏后的心情

三

后来，那片沙漠那片海
一次次流浪，一次次找寻
一次次……
无数次的思念长了翅膀
飞跃，飞舞

无论你悄无声息
无论你杳无音讯
无数个静夜
最近的是你
最美的是你

四月的清水边
写下你的名字
寻找飞过的蝶
走过四月，在街子
傻傻地笑傻傻地想你

第四辑 在水一方

在水一方

是我，在河的一端
筑就守望的草屋，就岸赋词临水读诗

是我，不经意地遇见那一场盛世繁华
是我，不自主地牵手这一世旷世容颜

是我，月容里采撷岁月不老歌谣
是我，唱给自己风餐露宿和你携手的人生

是我，从尘埃的高度放低人生的一姿一态
是我，从水流的方向泼洒生命的水墨云烟

哦，诗意的生活有你姿态尽妍有你不老玉容
是我，一路采撷美好写意美好记住美好

我的婉约你知道

在古城，收获一树宁静色彩
叶落无声，是秋雨打湿一季心情

我只是想知道明天的月儿挂在何处
我只是想知道明天的蝶儿飞往哪里

那些日子是在高山空谷唱着歌描画时间
那些日子是在幽深庭院写着诗素描生活

花儿开了
花儿谢了

放牧自己很久，听任蝶一样的诗意浅吟
季节深处是谁在放歌

不是我，不是我，一抹浅秋
一抹斜阳，一影蝶舞清泪

我的婉约你知道，别离总有伤心处
千千心结随云烟

致秋天

一千种颜色抵达心岸，那是额济纳草原
赐给我的秋天

心被打开，用一针一线封存
一辈子的记忆

这辈子只有这一次的热烈，千万次的呼唤
魂牵梦萦的彷徨

我是用心画一次你的眉毛，轻吻你的额头
入住你的家园

如果，那是迟到的我，最后一次让我变成
装饰你的那一抹低调的色彩

青海湖边的爱情

要在十五的月亮没有落下之际
写好给你信笺

月光铺展而成湖面，我骑上马
带好十月的信物
装好岁月赐予的果实
在黎明的月光里出发
向对岸出发

旭日的温暖里递上我灿烂的玫瑰
让我在十月的早晨成为幸运的王
让我的马插上翅膀
让我插上翅膀
让月儿慢慢落下
让我走进你，走进你的炊烟

无数次的梦想达不到花开的地方
无数次的聆听无法抵达你的心岸
油菜花盛开的季节
我把月亮记在心上

那是你无数个浪漫情怀里最浪漫的真实
水把柔情融进云和月融进格桑花的妩媚
当羊群变成云朵马儿飞翔
你就是霞光湖岸柔弱的仙子

马蹄染上花香
芬芳的早晨，我的歌声里
你把一湖的霞光变成了微笑
给我披上霞光一样的锦缎
遗忘的信笺散落成一地的金银花
像羊群点点珍珠般镶嵌在晨雾里
揽我入怀进入你的家园
递过炊烟里的奶茶，然后
你我清点羊群和马匹

无边的时空充满花香
你灿烂的日子把微笑留在湖岸
收获了岁月悠扬的歌
儿女骑马牧羊
在你我难忘的记忆和苍老的湖岸留下
十月的金银花
把月落前霞光里的爱情谱写成心曲
献给青海湖赐予的柔情
又是十月，让我唱给你听

在湖岸，让我踏着十月的美
和你一起看月落日升
一起看水岸
一起变老

秋月笛声

无法抵达彼岸
一人一景，望云端秋月
却闻笛声

云来丝丝雨声里
十月异乡，匆匆行人
已入夜，凄清难诉

雨点落心上，丝丝动心弦
凉风袭
玉容愁唏嘘

岸边孤灯暗
夜深笛声残
何处归鸟无处眠

为伊歌

山黛水媚，细眉凝笑
玉指扶风，姿容轻舞

一画一景风弄影
一山一人水知情

溢彩流韵映山出岸
人若仙子临水入影

何处是景？何处是画
泼墨渲染融情心为境思为界

为伊歌，春秋容妆新
衣带入景牵万山，山随影动

长相思

倚门卷帘凝眉思
一线黛色，春愁有恨
深深院落楼上月
远山蒙蒙，近水流

朝望暮思倦容愁
人去心空，夜夜弦断
幽幽夜曲枕上泪
秋深归人，何处留

面　纱

收尽所有的蔚蓝，一池碧水
那就是你的眼
其实，幸福就是这种属于你率性
背后的温柔，时时掩面低首

来不及看清你的美
却把你的细眉画下把你的羞涩留在心上
大段的沉默不再是空白
如目送一望无际的花海里，越飞越远的蝶

回　眸

我为你而来
在石巷里抚摸风凿的痕迹
抚摸你留下的脚印
是我
赶上你，一袭缎裙绣伞里
封存所有的故事

回眸，一笑便是春
美人立处杏红桃绿
为你撑伞，春去秋来
繁华落尽
立在巷口回望
春华秋实皆诗意

约　定

来一场约定
在你我停留的地方
记住所有的美好

执手黄昏，相约朝暮
新雨旧景都不同，远山近水
你语我哝依依青山丽水
影舞人移徐徐轻舟重桨

人亦景，情寄水
远山阻隔人不见总难忘
此刻倩影与水溶
此生留心与风舞

来一场约定
繁华落尽时共赏落英缤纷
留住美好

等着你的好

在人潮涌动的街巷，你立于屋檐下
偏隅静处

这一程，涉山历水，向着你的好
这一程，沐风经雨，等着你的好

不近不远的距离
用一辈子的时间来跋涉

转身是我

思无语，独等待
一季雨，一程路长

无数次问询，无数次追寻
悄然发生在心底的恋没有句号

这无声的河流穿越沟谷
抵达秋日私语的黄昏直抵月下

用线封存所有流动的记忆和碎片
用笔书写所有变化的色彩和景致

我伸出能拉住你的手却空空地
挥舞了一下，你没有转身

云迷蒙，月无声
不禁问问风，人去何方

殇

黄昏了，所有的心结还结着
山外绕云山
一线天，终落日

流光残，心绪被你牵
语句破碎
屋上垂下忧伤的月亮

熬过不幸之后的静挂在脸上
无语半生，半生无语
静静等待，却如实说：走吧

双手敷面，你孤独的泪
此时纵横在沟壑里
颠簸一生流离一生

灯影里的祝福

光与影流动，如烟
你手心里的一片天地合着祝福给远方

深深庭院屋檐下
你，端庄典雅的绣枕笑语嫣然

问问深院孤灯
你在一针一线里祝福着谁

我是你的眼

读懂你，需要很多
比如爱和热情，也需要把自己
成长成一棵树
能够挡风遮雨或能筑巢

所有移动的世界静止于内心
万物滋生自己的味道保存自己的温度
穿越不再是光与影的穿插
心在黑暗中的领悟也是黑色

我是你的眼，改变黑色
改变阳光泥土河流山川的黑色镜像
把色彩植入你的心底，连同光明
慢慢生长

让生活慢下来
让你给生活涂上颜色
让阳光穿过心间的河流
让你在河流岸边涂抹出七彩的风景

七月静好

一抹色彩的绚烂里停留
静享时光

群鸽起落，麦浪翻涌
金黄的味道里满是雨水和泥土

荞麦花开在七月的怀里
点燃蝴蝶久违的激情

你掬手山溪，依水弄影
画意诗情里素描碧水丹山

翻开诗意的画卷
把依恋写在七月写在热烈的色彩里

走过七月的麦地，一起看那
静静的天空静静的高山静静的流水

七月静好，静享时光赐给我们的流光溢彩
静享岁月铺就的五彩斑斓

留住时光

就这样，青石板的深巷里
挡住流动的时光
留住浮动的色彩

一只蝴蝶飞进巷子
轻吻，你衣裙上的花朵
又恋上你的额头

美是自己如花的年岁里
芬芳出属于自己的色彩
五彩斑斓抑或素淡如水

留住时光
留住年青
留住自己的美好

送　别

白天记住我的饥渴
夜晚记住我的功修
说给你听：我所有的欢乐和忧伤

敬畏和感恩是流淌在心间的两条河流
用心记住光明和黑暗的祷词
祝福我们，也祝福人类

走吧，聆听无数声与音的启迪
默读白天黑夜光影交错的美好
这一生，日日金贵

很多时候，忙碌于卑微的事端
忧伤多于心中的欢乐
走吧，祝福我们自己：一路走好

你是我最美的遇见

为了一次视觉盛宴
我从千里之外
远道而来

一棵树，又一棵树，栖息大漠之上
我张开双臂，拥抱这极艳的红
和激扬的生命

无数站着的和倒下的精魂
坚守着千年不倒的誓言
倾尽生命之色

我把我的感动拍下
我把我的热恋拍下
你是我最美的遇见

第五辑 草木烟火

麦　子

把麦子装在心里，最能感受生命
从孕育成长到成熟进仓
所有的理性藏在时间里沉淀
所有的感性露在泥土和雨水中变化
所有的节气都尾随麦子成长
所有的鸟鸣都牵动麦子成熟

我，静候最充实的季节
麦地里，储藏风和雨水
伤痕和太阳一样厚实
把金色的长河拥入怀中，让心事裸露
如麦粒一样，激情而饱满

洋　芋

沉淀在雨水里，五月的花儿
翻开心事
绿湾里缀满白花，泥土里翻涌

催情的风和阳光，豁开土地
酥软的季节
拥有了厚实的胸膛

日子就是这样扎根
土生土长而金贵，上厅堂下草厨
圆实中可得五彩斑斓

线　辣

最饱满的十月深处
让我遇见最可人的红最激情的渴望
绿色已是最美的陪衬
可你那红红的唇
火火的身段
寄养在那家村庄田园
最动情的哭泣里或笑颜里
洒下一珠珠泪，流进唇
把阳光的颜色吞咽
一针一线封存，垂下
含蓄内敛的笑
刻在心中最深情的季节

油　菜

最柔软的心结是在谷雨之后
沉寂很久的爱
来得热烈
黑土地上集结了无数生命
开始自己的使命
一望无际的绿催生出无数小花
在风中涂抹脂粉，招蜂引蝶
储集养分，把收获指向八月的金色
滚烫而热烈地
贴近大地

乡　土

在枝头绽开的季节分明有序
在生命旅程里泼洒岁月异景
我们的笑脸从立春到霜降一路追随阳光和雨水
所有的温情都裸露在泥土里，一层层铺开

让我们一起走吧
看看河堤杏花北坡柳树
看看河流之上雪山隐去大半
看看乡土深处的青鸽诵读自己的经典

我们如是说，乡土记忆
一半是闲暇中追寻记忆深处
一半是忙碌流走于幸福美好
一程生命浓缩成几个词就足够

最美好的是站在
炊烟深处，夕阳下，深夜里
看到自己亮堂的心境
念出真言

红　枣

黄昏，入夜
我们围坐，聆听颂词，开斋
收获内心的静。是红枣
饥渴之后的填满甘甜和喜悦

一棵树，开花结果
把时光溶进果肉
一粒小花里穿过春夏
把秋的红艳画圆弄实

一弯新月里守候
叩首，交流
生命的河流穿过河谷
在心与灵交流中静静流淌

我们种下大片麦子和豆类
收获时间的果实
我们在生命里享用世界
以饥渴感受一切思想一切

我用感慨记下心中的感动
我用愧疚写下内心点燃的心愿
用思想感悟：正道
用行动书写：直行

就如月的使命是照亮黑夜一样
一粒红枣的甘甜触人心肺
他的使命和麦蔬谷物一样坚实
朋友，你的使命是什么

在路上

雪山下面
河流的尽头是另一条河流

一程山一程水，记住村庄的低语
家园最美的地方桃花盛开

和你相逢，把封存的阳光倒出
铺在心底，笑而不语

这一程看花是画临水是景
心存恩泽亦悟道，万千话语一真言

我非一人，孤单地奔走
鹰在河畔飞

留住最温暖的阳光

去年岸边留花影，匆匆又春风
催人问春赏花柳，年年似年年

河畔杏花开否
你摇头，笑得疲惫：不知开未开

清水河在身侧
你说，未曾听得水流声

三月将去，一个人的世界有点薄情
留住最亲切的阳光铺在心底

南　山

压在眼前的荒芜
陡峭，秃身
你面照黄河，在撒拉尔的小镇里
感受你无声的哀叹

走在路上，无法避开挡住视线的你
只能慢慢穿透你的厚实
容下所有的荒芜
穿越云层

出生到老存在于斯
小镇无木篱，无菊可采
装满眼
南山无诗

可是你在那里站着
总让我发愣，仰望
容我思想：荒芜之后
该走的路

大　河

在水的末端回头
倾尽生命底色的清水河放出最后的呜咽

两条河相遇，两条河撞击拍打
谁的冷被撞得粉碎，谁的热又点燃了激情

一条难以回头的路上抓住真善美
三朵花，刻在心上，留在脚印里

如果再嘱咐，兄弟
重复一句真言足够你我前生后世

清明祭

三五朵梨花
蒙蒙细雨中，别在春的衣领

立在记忆深处，念一句真言
就像每天的黎明，问问好

把怀念留在最深情的时刻
落幕转身的时候总是哀伤

大片的梨花白后杏花雨
我的祝福里你在一座花园

在春天放歌

盘山路在云层中，青草铺满山头
和天最近的地方放歌

此刻，一川花儿滚下山坡
那一端崖豁里翻滚

尕妹子听到心底里
在山花花的香里绯红了脸

蒲公英在山坡的最高处打情骂俏
雨点落在湿漉漉的心上

出　发

谁裁剪时间的花朵
谁守护属于自己的春天

荒原手植松绿，春深风暖
境界自在用心处

骆　驼

如果不是荒原的使者，背负使命
就不会穿越大漠

哪怕被风化被吞没
一步一脚脚印刻在沙漠的脊梁

千百年来驼铃带着风韵，抵达
心灵最深的彼岸最沉的落日

摊开双手面西而立，祷词中流泪
主啊，我启程了，让我拥抱光明

让我完成自己小小的使命，如骆驼
如一粒光，追寻，不再迷失于黑暗

上班要义

从黑暗走出，又从黑暗回来
这一程匆匆，把梨花般的笑洒在
春天里，让疲惫藏在心底

面对一条河流，我可以是一朵水花
可以是岸边的树，可以是落日
用自己的全部力量丈量信仰的厚度

行走在大地上
用文字用刻刀书写
脚印的内涵

人生如寄

雪一层层落在春天之上
我的身心又缩小几分，埋在
雪里的心事随河水涨落

所有的山变成了雪山
所有的塬已无荒草，鹰没有落脚点
白色的世界里必须淡忘其他的颜色

山的本色在于坚挺
人生如寄，流走于苍老
春来了，我的河流一直向前

我，孤零零地站在雪地，被覆盖
只留一双黑色的眼睛
感受温度

迷　途

在山顶迷失方向
黄昏融入黑暗
黑夜把空间一点点缩小

天幕拉下来，我
一个人，坐在山头上
记忆很遥远

风开始一阵阵地骚动
雨点一滴滴
箭一样把冷插进肌肤

湿冷的衣服如夜的脚步
一点点吸收温度
身体在挣扎

疼痛又能怎样
生命变得单薄脆弱
是否能提前预知一条歧路

曙光来得很慢，祈祷
一层层剥开云雾
一条蜿蜒小路中艰难下山

笑

和女儿，把落地上的花瓣
贴在绿叶上

花影里寻找
遗失在冷漠里的时间

等我们回首
发现苍老的笑里有太多隐痛

春天美好
是春风把笑挂在四月的脸上

一枝桃花带笑
一川水山染绿

离　歌

一场雨，下在心底
是山上无数朵花开的声音，拍打心岸

是你，拖长绿叶舒展之后的温暖
一声叹，是离歌

一片云烟留下忧郁
一线流水是雪山延伸的飘带

这条河流最后的哀叹，是
遇见黄河，是最后的荒芜

你我眼里的忧伤，是荒原
是蒲公英消失的风，带走最后的留恋

距离（一）

你在雪山下的流水边，等待
我的消息

我在河流的尽头
看繁华落尽

你触手为雪
掬手为水

我在雨水里看到雪花满天
在雪花里感受你的春天

千万次意境重复却从不心冷
千万次用心描画却从不粉饰

后来，却落泪
再后来，雪山无雪，河流无水

从今天起

我在积石山下，静听黄河的呓语
此刻，星星垂下，落在水流上
落在撒拉尔的故乡一头

听到你歌唱的声音时，夜已经很深
从今天起
我的河流重合在你人生路上
你向善的人生给我画上新的坐标
你的故事里清澈透明
扶起倒下的墙，或引来溪流
给自己，给世界

积石山下
黄河是我，河湾是我
从今天起做最美的自己

在柳絮里等你

午后，走进长长的林荫道
满天柳絮里突然想你
人群移动，却看不到你

你是四月的艳阳天，在我的心事里开花
如柳絮飞翔，青柳影里
我只看到人群背影模糊，渐渐远去

我知道，和你不远不近
你低头的笑里
能读懂我最浅思念

我等你，柳絮一点点堆积
我苍老的容颜里，你
一点点长大

活　着

天空和鹰
是另一种仰望的境界
疼痛背后看到死亡
是一道虚掩的门隔开两世
祖祖辈辈土生土掩的我们
用正道
捍卫一场生命的终极旅行

水煮鱼

一口锅，白水翻滚
鱼身变得透明，一厘米的身躯内
骨骼
尖锐地伸缩
漫长的痛在几秒钟已是无法承受之重
天地沦陷

梦醒了
凌晨四点的夜，沉重得没有边际
我们可以活得卑微
可以素淡
却不能凌驾于无辜生命的疼痛之上
获得幸福

野　餐

黄河岸，烟火升起
阳光铺好金色，在垂柳与绿水间
起伏

此刻的你
把麦子的温暖溶进血液
把欢乐悲伤分化为柔水硬石
把时间流逝的分分秒秒记在忧郁里

刻意享用五月的翠绿
一口口咽下红黄蓝绿青紫
抚平许多过往云烟

山无语，水留声，却不断放大过去
缩小来日。宿鸟几声鸣
山影化成墨痕

广　场

我遇到你，是在熙熙攘攘的人群里
你要走了，我怕所有的记忆被人群淹没

你在突围，要走向更远的远方
谁还能驻守这一方视野的蔚蓝

谁还能明白
生命到底是什么

我们是降生在土地上的花朵
在一场使命中开落

来自何方？去往哪里
天堂就在信念的脚下

自画像

自恋的心绪里，画下春风
把大片的绿给山水之后，浸染自己

麦地里看到风穿过大地
日落的方向变得金黄

我的脸由圆变长，心却沦陷
在岁月的沧桑里艰难跋涉

卑微的承诺兑现于执着与坚持中
在迎来送往中老去

一壶一茶里，读懂自己和自己的世界
年岁不堪入画

欢乐时光

忙碌之后，你想到我
该在茶香里静享中午时光，一大群人
在欢笑里包裹了幸福

我们围坐，就如围着篝火，燃烧草原
照亮黑夜，烤出美味
欢呼中走向夜的一端

爱，其实很简单，你一直在做
在自己走的路上
让孩子们找到幸福和快乐

水中花

中年了，如坐磐石上
沉稳的日子，愈走愈实沉

我却如一棵小草
日晒风吹雨淋，无法用言辞表达
接受已久的恩泽
所有的一切，在信念中变得厚重
在厚重里变得坚定，在坚定中
走向彼岸最后的自己

这一岸碧水，是在渡谁
水中花，是我
坚强里的柔弱，柔弱里的坚强
不再倒下，我
为你呈现我最灿烂的自己

肤浅了，我的世界
无言的感动里体察一切厚重
实实在在的美

让我更怀念过去

你想我的时候

我也会想你

镜中月

把记忆封存在灿烂的秋日，是艳阳
是斑斓的色彩，是梦想的画笔
把你留在河流的一端
错过，便是落花时节
从此，不再遇见

清水湾的黄昏里
霞光铺满水面的跳跃中
黄河的涛声如一次久别重逢之后的琴声
让我在聆听中，走进，再走进
在水岸沙滩抚摸月光

月
落在水中
落在心里
落在不经意遗失的梦里
落在一汪镜子里听我一声哀叹

河流依旧
涛声依然

清水湾看到我容颜苍老

你在水湾一头

依然美丽

永安街

在不知名的地方，人们忙碌
在风中移动
路的一头被大山阻隔
另一头伸向远方低矮的山

此时的街头
青麦萝卜早熟果的主人
张罗着本不该属于自己的营生
羞怯，手忙脚乱，失了土地里的沉稳

鸟鸣淹没在喧哗里
小镇一角被野花点燃
蝴蝶迎来送往。听到黄河的涛声
是在午后，一场雨早已拍过窗棂

黄昏，我想给自己的旅程命名
却无从说起，而此时，可看
南山干秃对北山，一声啸歌
黄河浪大天下小

儿童节回望童年

我渴望我是一朵小花
忘记历经沧桑的脸，静心舒展自己
让记忆回到三十年前
在水边，在山下，在土墙里
清脆的喇叭声融进绿湾水山

读书声穿过河流和麦田
让村庄沉浸在书香里
让老人驻足静听
让父亲远望
让母亲辨别儿女的声音

大树下或土墙下
一幕幕小戏不经意地剧目随时上演
游戏里的世界
模仿的婚丧嫁娶，用礼仪
把世界呈现得唯美

过多的记忆是石头和河流
踩石头，打石头，游泳后趴在石头上

铺满石头的小河，雨后变成汪洋
如狂飙的泪水，漫过等待已久的干旱
又慢慢平息

更多的清风细雨里
小鱼游过，小鸟飞过，白云飘过
日落或月升，都是记忆里悠闲的脚步放慢
踩过时间
留下永不磨灭的印记

距离（二）

你忘记我的时候
你一定很好

你在阴影里更容易看到我
投射阳光的笑容

可以停留所有情绪的月下
我能抓住冰凉，也能得到火热

一枚初绽花朵里是盛开的年岁
是即将暗淡的岁月，愈走愈深

我触摸我自己喃喃细语里保留的温度
点燃自己心中热恋的火把

此刻，你在彼岸
我在此岸

擦玻璃

风拍过玻璃，留下印记
让慵懒日子显得浑浊
使劲擦眼睛，是因为雨还是因为你
看不清远山轮廓

我必须看清你，玻璃上
时间一层一层堆积，色彩灰暗
一滴滴水顺着我的手流淌
流淌成河流，流进我的生命里

给自己留出最大的空白
让你涂鸦一片洁净的风景
手中的水，流淌，变得明净
然后用眼睛构画你明媚的意境

山中有水，水中有你
生命中有你
透过玻璃，你是全部
热烈的记忆

新　月

1

在日落之后，辨别黑夜降临新光
聆听世界另一段传来光明的消息
我听到了，你听到了

2

我的祝福是从内心瞬间的震颤里念出
有关于你，有关于今生后世的词句
内心的修行渴望在一次次迷误中醒悟

3

想起月，就能想起父亲
从黑夜传来消息提醒我
语句像父亲自己一样简短

4

在我第一声啼哭里有一弯新月透过窗棂
投下光明里最柔情的纯洁，刻在第一声
真主安拉的祷词里，静静微笑

5

走吧，黑夜里我们跋涉于内心
感受属于生命的一切恩赐
让我们在感恩中行走，超越羁绊

6

早起晚睡，夜饮食物
在饥渴里感受一粒米面一滴水的美味
让我们看到一切美好之源

7

月下看到的是我最朴素的世界
用勤奋与信念抵达光明，渴望
你我的世界里只有光明没有黑暗

愿意和你一起走下去

1

离得太久就会陌生，站在起点
寻找往日的感动
却发现匆匆中那么多浮躁和漠然

2

画面里的人
泪水从捂在脸上的指缝里流过
压低声音的哭泣如洪流终于决堤

3

经历了千万里心酸之路
时间一点一点划过肌肤
留下艰难和沧桑

4

曾经会为一句话伤心

会为一点恩赐长久感动

在一句普慈的祷词里泪流满面

5

有人在黑夜的灯下诵读真言

我愿意，诉说最真实的自己

给你点燃真理之火

6

走下去

愿意和你走下去

从黑暗走向光明

寺

我走进去，走进一弯月
用水洗过肌肤，直抵灵魂的词流进血液

在一句祷词里感动停留很久
在一句真言里感恩流泪不已

此刻，我的身体，一半清晰
一半模糊，一半是黑色一半是火焰

举意，聆听，叩首
祈祷，感恩，问候

我如一滴水，落下
落在潮涌的祷词里，变得通透

主啊，让我一直走，走在月下
紧握钥匙，让我越走越近

雕　塑

思想在文字里定格
我是我自己的王

我雕刻我自己
我仰望的高度像积石山
我沧桑的额头像禹王岭
我的眉毛像清水河
我的眼睛像驼泉水
生命的河流里一代人老去
在信仰在感恩的祷词里
我仰望一切美好

生命在思想里定格
嘱咐自己站得更高更好

你

种下麦子之后
日子翻滚在麦浪里，风
越来越触碰肌肤撞击心扉

你听到每一粒麦子的呼喊与歌唱
歌唱月照日晒把光溶进躯体接受水土滋养
你静听，流泪

日子放慢脚步你听懂了麦浪
从此，你读懂了真言，光明比黑暗多
一代代人死去一代代人成长

你，领悟了
再没有比信仰更重要的东西
再没有比认识更重要的心智

埋首柴米油盐，俯身延续子嗣
探亲访友，理财奔忙
亦是善之善，功之功

你生于风寒，木性晚熟
静听里鸟虫唱轻弄菜蔬果木
夜诵经典晚祝祷词

你听吧，你说吧
金色麦浪里每一个属于光明的灵魂
都有自己朝拜的方向

最美是天籁

穿透黑暗，抵达遥远的遥远
水流过身体
心里的渴望在黎明前穿过
最长的祝词里，虔诚叩首

生命是什么
时间和空间是什么
默读自己，默读所有，用心智感悟
一切存在的内涵和启示

我们拥有了高贵得到了智慧
我们获得了财富保持着尊严
一颗心脏的跳动，一口呼吸的律动中
我们认识自己仰望星空

最美长短韵

我停顿的那一刻
静了
世界停下来

黑夜里把自己拉长，站成悠长的音符
此刻，斋月的长短韵里
一扇扇心门被敲开，月光流动

我在听，最熟悉的天籁
我在听，最熟悉的祝福
词韵如水流走，穿透生命的黑暗

我可以是一个音符背后一时的影子
我可以是一个顿符底下一点墨痕背后的墨痕
这是我卑微的心灵时时的渴望

黑夜静下来
我心里的灯长明不熄
我祈祷的祝词里有你

采药人

心中有山
草叶经络里流动的水流经你的眼
堵塞的世界被你点化

你看到气血里需与求
你看到肌肤里骨血沉淀的风和雨
你看到生命底色里流动的呼与吸

你背起药篓
和那些采撷的植物，连同风
把温情写进深山悬崖峭壁

物尽所用，是谁的渴望
又是谁的荣耀。熬化，喝汤，热敷
把凸出的棱角磨平

心中有山，心中有水
一座山林里的生命流动，繁衍生息
你自己成长成一味药

护城河

离城之前，望城门
你在城头。挥手，乌云压过你的肩头

我慢慢踏上护城河，雨落
如万箭穿心，你在城头站成雕塑

护城河上，越过今生的自己
跨越最深的河流最深的寄托

这护城河，最长的跨越艰难移步
家国儿女父老，横刀立马，我为谁生

身前是田园，身后的你却已大开城门
让我解甲归田只成梦，回头是家国

祝福：月月年年如此月

把所有的光影素描腹中
把所有的色彩收尽眼底
要走了，送走最后的月牙
下一个月又以怎样命名

这一程在饥渴中行走在凝神中举意思念
这一程满是祈祷和祝福给每一个人
这一程修炼自己呈现最美的自己
这一程写满我所有的忧伤和快乐

定义生命，定义光明与吉祥
定义每个人的宇宙
定义一切的一切
我们懂得：人生是一场无法躲避的考场

我们朝饮晚宿收获自己
又一个新月将升起
匆匆又一程，今年此月更金贵
起身再祝福，月月年年如此月

两滴水

在那遥远的地方
有我草原云水相恋的情愫
挥鞭牧羊青海湖畔

在那大漠的深处
有我鸣沙连天痴情的爱恋
手执月牙河西走廊

青海湖和月牙泉
是西海情歌里的两滴水
一滴浩瀚一滴俊秀

离天最近的两滴水啊
一个泪雨滂沱汪洋成天空的镜子
一个细流无声坚守为大漠的眼睛

牧歌和，云沙鸣
青海湖啊月牙泉
多少年来都是我永远的思念

送别自己

节日里走亲访友
相聚，一场场盛宴里祝福，欢笑，送别

就如一地庄稼，匆匆走过春夏
在秋的艳阳里放歌，成熟，告别，进仓

如麦地，我们收获了所有的美好
在时光中送别的剩下的总是自己

送别自己，留一季美好给自己
送别自己，留一路征程给自己

在雨中

酷暑难耐
一粒粒
七月的雨水温暖

麦浪过后
风蜷缩在水花里，平静
麦秆上的水珠如一粒粒泪珠顺势滑下

雨水覆盖了村庄
村庄湿漉漉地静下来
慢慢睡去

今夜的德令哈

七月的深处，火车一路西行
戈壁滩上，德令哈依偎在暮色里
深沉而忧郁

阴沉的德令哈，追寻梦想的德令哈
海子的德令哈
触痛诗人的德令哈

今夜，在德令哈写下心中的所有忧郁
在戈壁滩，想海子和海子的姐姐
也想人类

一把口琴

在傍晚
雨点一声声敲打在窗户上
时间停留

一把口琴里的雨声渐渐稀疏
无数个隐藏的真情里有你
静静立在窗前
无数个思念的琴弦里有你
云层里的半弯月爬上来
无数个明媚的月光里有你

等我们老了
苍老的时光，一把口琴里
全是记忆

蝉　鸣

在德令哈的黄昏
我看着地名标志牌发呆
这片土地上容易忘记很多事

这是海子的德令哈
一条河流穿过戈壁滩的小城
岸边是祝福，是草地上的诗歌
是深秋的蝉鸣
是无法忘记的忧郁
深秋了，河畔的蝉鸣
一层比一层薄一声比一声深情

启程了，挥手
天地相连处只留下
还在挥手墨点

雪

雪落在季节中间
远山，一夜白头
从雪中留下时间走过的痕迹
那是雪，不断融化的心事
以极冷的温度显现本色

其实，更多的鸟飞过山顶
有山羊的蹄印踩过诗意的风寒
朝阳把色彩铺在黄河水岸
踩过沙粒触摸石头的温度
给水边群鸽起落搭上舞台

生命的穿行在雪后
行走，感受，诉说，大口呼吸
那只受伤的鸽子无法拒绝寒冷
彷徨于雪后不胜迷茫

美在真实中演绎
擦亮眼睛看风景也做最美景致
接受卑微的真实，如雪

被气流消融的疼痛像一场盛宴

其实我们被一场大雪封闭
被动地接受赐予的一切，做事违心
或心亦然处在黑暗的边缘
悲怆呼号都不是这个时代的潮流

像雪一样，可以纯粹
可以洁白
可以融化，不久
也可以将世界覆盖成新的世界

青海的雪

雪花一朵一朵地落
就如柳絮
所有的空间被飞翔的翅填满
大片的白翻涌

当所有的山都变成雪山
高高的青海，凝结成冰雪般的洁净
太阳，高悬的月，牦牛，草木
比语言更温暖

在青海
生命更像雪山，纯粹，厚重
如天空，宽广
蔚蓝

第六辑
来你的城

来你的城

来你的城
刚好月圆

月光摇摇晃晃，落在脸上
斜倚河桥石栏
微笑
大段空白中无语对视

流水带走一层层月光
风送来你轻微的呼吸
和月光相依
漫步

你的蝴蝶兰
今夜圆润如玉
你用素描
画出我的生命之春

来你的城，用我的一生
和你缤纷一世

你在上海

有你
有月亮的街
炫丽的光影层层穿梭
一抬头
便是熟悉的简单与皎洁

与诗结缘
记住你诗一样的容颜
记住你的灿烂，描画你
琼楼玉宇里，丝绢巾，长发
繁华的主人

外滩的风别样地吹过脸旁
霓虹夜光里
你我
是过客
但此刻都美丽

此时
你的微笑穿过炫丽的光彩

仰望

让我记住

一轮盛世之月

远行一次

远行一次
再轻的躯体也臃肿
沉重

最初的光芒一丝丝
被剥离
面容落尘

昨天到今天
撑伞人
瘦成一线雨

花瓣落地的一刻
听到赞歌
就好

小镇的钟声

小镇的钟声，很长很厚
有时也像雨点落下
平静的水面荡起一圈圈的波纹

在被遗忘的时间里响起
从某个寂静的空间，把你
拉到一个有声的世界
商贩，车辆，人流的声音随阳光涌来
穿梭在空气里
挤入耳膜

春去又来，梨花开落
钟声里聆听时间流逝的声音
小镇晃晃悠悠慢慢变老

月满西楼

红绢丝裙镜中瘦
思夫年年年年愁
黄昏蹙眉
昨日雪消风暖
卷帘，描眉梳妆
月满西楼风欲寒
伤心时
此月岁岁年年都不同

梅花初开何处
月影偏西容颜老
几度人事随春去
秋月何曾留人住
楼外水山歌与君
寄予云山雾水
书笺几行泪
何时骑马归

寒山寺

寒山寺埋在雪里
张继停泊千年的枫桥边
手写的钟声
传到耳膜，围住冷寂的夜晚
让夜更深

一场大雪里留下脚印
姑苏城一片白，最深的惆怅
落在雪中

海子的德令哈

德令哈，戈壁草原上
装下悲痛的城，今夜
只用作
对姐姐的思念

雨是草原尽头的雨
一颗泪滴遗落在暮色中
荒凉的心境只有姐姐
最后的美好

在这里，青稞垂在天边
云朵压过一切
让成长的痕迹回归到最原始的泥土
抚摸德令哈，悄悄地走

追寻抑或路过
诗中荒凉的城比它本身更美
不管有多远，戈壁之城
留下最长的思念最深情的诗人

有风的山坡

停留很久
在时间的影子里隐身

风的裙摆下
白云一朵朵，梨花一片片

春天在有风的山坡上驻留
牧羊人清点进山的羊群

无意离开，晚霞陌生得有些伤神
久长的是夜晚群山冷漠的影

雨水中，走一路花开
停一季花谢

西安，西安（组诗）

1　西安夜幕

为一睹古都古城
千万里劳顿中来到时
黄昏褪去彩霞，来来往往的人
披上了霓虹的光彩
人群中突围
突然发现古城墙下的自己
陌生得不能再陌生
亲切得不能再亲切

远望，月色渲染的城更古老
回头，半醒半梦的城更幽深

2　长长的民居巷

沿着城墙里，长长的民居巷
一路走进去

不能再昏暗的灯光下
感觉离北城门店越走越远

见人询问，不远，前面就是
城墙下疲惫的脚步伸向黑夜深处

民居巷已然在鼾声里送走陌生的过客
抵达宁静中的宁静

3　北城门寄思

深夜
北城门，车辆川流不息

抚摸风蚀多年的青砖
将士们摇旗呐喊骑射弄剑英姿掠过
风流亦然，八百里秦川

透过深夜
一座城敞开胸怀，她光彩照人
一切勾人心魄

4　化觉寺问古

一千多年前，远道而来之后
从王城而居

经典，本是送你的
今生凡路上化觉之经脉

围城而居洁净坦诚以礼
商贾往来遗落明珠以心

镌刻了唐朝的风
认识世间物象的奥秘

王城钟鼓之侧，循而化，化而觉
每一步石阶留下无数祝福真言

5　遇见大雁塔

从喧哗中拉回来的是那一轮月
一抬头
便遇见了大雁塔

你的身影拉长
在遥远的遥远，高处的高处站稳
让我思考未知的东西

水滴一粒粒落下
湿了地，我匆匆逃离这座
喧哗的城

6　相约华清池

落幕的时候总是惆怅
这一走，便是千古
衷情

一池芙蓉间，回眸
千黛百媚
这一笑就够一个朝代矫情

该是这情，融在石阶
融在草木水山
融在大唐的思绪

其实今天手心里攥着你的手
你的矫情里
拍下了无数媚笑

7　问安兵马俑

探望，惊叹，长叹，赞叹
叹千年威武不倒，泪不觉涌出落下

揪心的想象，一次次洗礼中
一次次默默问安

八百里秦川狼烟
千年不长，长的是千年誓死相守与共

这一把忠骨
洒多少泪，撼人心魄

8　大唐芙蓉园

芙蓉里的朝代，缩进
一诗一赋一歌舞

这院，够大
容下整个大唐风韵

穿越大唐做一介书生，朗朗书气
月落后怅然回来

红高粱（组诗）

1　大少奶奶

抱着牌坊嫁给死人后
在单家的影子里找到自己的影子
日子却没有了根

比芙蓉少点水润
比木槿花多一点灵性
一个断代的家族被你强行
续上香火

苦的时候，是无眠是孤独是空洞
那就改嫁吧，从主人到外人
红高粱三十里红酿出
一个年代的苦涩甜蜜记忆

罗汉要死了
跟他一起去死的，淑贤，一身红嫁妆
她懂他，高粱有灵性，该走了

酿酒是他的命

2　罗汉

一个温暖的名字
三十里红里有他自己的全部
烧锅是他的天下
酿酒是他的生命

主仆二人，一条不能逾越的红线上
如若隔河相望
不能说，说出来悖天理
不能说，说出来天下笑

那就走吧
高密却容不下不再酿酒的罗汉
度一日都难，那就改嫁吧
她是他的，就做一个幸福的单家外人

鬼子修路
待熟的高粱一棵棵被铲被毁
他的心死了，一把大火
烧着了自己，烧着了整个高密

3　余占鳌

做一个安分的人却不能
做一个好人也不能
死亡堆里回头

那就做一个土匪

朱豪三，花脖子，黑眼
国军，鬼子
乱世，你是匪，缺一点匪气
却是义勇军里血性的汉子

高粱红了
鲜血染红了半边天
九儿和你一起
九儿送你去远方

4 豆官琪官

九儿聪敏，豆官琪官
“官”字贯天下

单家有后
稳固了大少奶奶二少奶奶在单家的阵脚
走出一条曲折的是非路

豆官会回来打鬼子
酿造三十里红，建设高密

5 九儿

九儿让你的心滑了，湿了
高粱一样的女子

为单家续了香火

高粱地里突围人间烟火人世恩怨

为他活着，高粱红了满天红

九儿送他去远方

祝 词

走过一段漫长的路
雁飞过春秋
梨花如一场雪，桃花杏花里惊艳
启程很久
清水河泛绿
拔节的麦穗留下布谷的歌唱
金色的畅想在八月麦地里金灿灿地绽开

一路歌与诗
一路执着前行
柴米油盐酱醋茶把十月填满
在一场雪之后看到诗意的冬天
打开信笺
写上满满的祝福
寄给来年

记住所有的美好
保留幸福，一切奋然向上
想起风霜雨雪，起早贪黑
想起勤奋的家园果木繁茂

想起在一起的一路风尘
其实，我更想祝福你
祝福你如若果木，春华秋实

感谢一路有你
感谢一路风雨兼程中有你
感谢一路平凡卑微的相伴中有你
感谢一路磕磕绊绊思索反省中有你
感谢一路成长书写人生美好中有你
感谢一路喜怒哀乐悲欢离合中有你
感谢一路缺憾的理想里追求完美中有你

愿我们平凡中美好
愿我们忙碌中健康
感谢，呈上我的祝词
把美好与祝福送给你
与美好一路相伴

图书在版编目（CIP）数据

生命之恋 / 韩原林著. -- 北京：作家出版社，2017.2
（中国多民族文学丛书）
ISBN 978-7-5063-9268-6

Ⅰ. ①生… Ⅱ. ①韩… Ⅲ. ①诗集－中国－当代
Ⅳ. ①I227

中国版本图书馆CIP数据核字（2016）第303633号

生命之恋

作　　者：韩原林
责任编辑：李亚梓
特约编辑：王　冰
装帧设计：曹全弘
出版发行：作家出版社
社　　址：北京农展馆南里10号　　邮　　编：100125
电话传真：86-10-65930756（出版发行部）
86-10-65004079（总编室）
86-10-65015116（邮购部）
E-mail:zuojia@zuojia.net.cn
http://www.haozuojia.com（作家在线）
印　　刷：三河市北燕印装有限公司
成品尺寸：170×240
字　　数：226千
印　　张：15.5
版　　次：2017年2月第1版
印　　次：2017年2月第1次印刷
ISBN 978-7-5063-9268-6
定　　价：36.00元